KB092145

서리꽃 당신

김수용 제2시집

시음사
시사랑 음악사랑

자연 친화적 독창성을 發花(발화)하여
창작한 예리한 詩想(시상)을 지닌 김수용 시인

김수용 시인의 시상은 넓고도 깊은 바다 같다. 김수용 시인의 시는 잔잔하면서도 고요하고 때로는 모놀로그(monologue) 적 반전 효과를 극대화해 창작하는 김수용 시인 만의 詩想(시상)에 매료가 된다. 김수용 시인 특유의 개성적이고 독특한 예리한 시상은 삶의 이야기를 현실적 감각을 더하여 깔끔하게 정제하여 창작한 시이기에 김수용 시인의 시를 높이 평한다. 詩作(시작)의 높낮이의 韻律(운율)이 독창적이기에 시를 접하면 접할수록 김수용 시인 만의 詩想(시상)에 매료가 된다.

시는 일상적인 언어의 말하기와는 달리 '창작'이라고 말하듯, 김수용 시인은 작품 소재의 설정은 우리 주변의 일상과 상통하며 소재와 이미지의 안정된 함축이 김수용 시인 만의 매력이다. 김수용 시인의 시적 개성은 선명한 이미지는 부드러우면서도 강하고 신선하면서도 따스하여 독자의 가슴에 큰 울림이 있다. 김수용 시인의 시에 담긴 시적 사물의 의미는 다양하여 독자에게 낯설지 않아 누구나 공감을 불러일으키는 시들로 창작되었기에 그 詩性(시성)을 높이 평가한다.

김수용 시인의 詩(시) 세계는 난해한 시를 배척하고 누구나 쉽게 공감하는 심층적 마력을 지녔다. 창작의 씨앗을 환희로 다듬고 어루만지며 품기를 반복하며 꽃피운 김수용 시인의 시는 긴 여운을 남기는 독특한 회화적 이미지는 선명하다. 김수용 시인의 시 창작 감성의 촉수에서 발아된 시는 맑고 정갈하기로 이미 정평이 나 있다. 시의 의미적 요소, 회화적 요소, 음악적 요소로 형성이 되어 독자에게 편안하게 안착이 되기에 김수용 시인의 시를 추천인이 좋아하는 이유다.

김수용 시인은 제1시집 『잊지 못할 그리움 하나』 출간으로 많은 독자의 사랑을 받았다. 이번에 두 번째 시집 『서리꽃 당신』을 출간하여 독자에게 다가선다. 김수용 시인의 시를 좋아하는 독자의 한사람으로서 김수용 시인의 두 번째 시집 자연 친화적 독창성을 發花(발화)하는 예리한 시상을 지닌 김수용 시인의 「서리꽃 당신」 시집 상재(上梓)를 살가운 마음으로 축하하며 여러 독자님께 추천하며 많은 사랑을 기대한다.

(사)창작문학예술인협의회 부이사장 주응규

시인의 말

사랑을 이야기하고
이별을 이야기하고
추억을 회상하면서
감성을 담아보려고 애를 썼지만,
썼다가 지우기를 반복하며
3년이라는 짧지 않은 시간을 보냈다

채 익지 않은 열매를 수확하는
아쉬운 마음을 담아
제1 시집 출간 후 3년 만에
제2 시집을 독자들에게 내어 놓는다

부족함이 많지만
시를 통하여 독자들의 감성이
풍부해지고, 힘들 때마다 조금이나마
활력소가 되기를 빌어 본다

시인 김수용

1부 서리꽃 당신

2부 반쪽 사랑

3부 파랑새를 찾아서

4부 추억 속에 묻어버린 당신

5부 내가 살아가는 이유

시인은 자연을 이야기하고 시낭송가는 자연을 품었다
글자는 날개를 달아 언어로 날고 소리는 자연에 눕는다

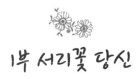

1부 서리꽃 당신

정거장

앙상한 나뭇가지 위에 너울대던
마지막 잎새마저 떨어진 후
싸늘한 겨울이 찾아왔습니다

잠시 뒤돌아볼 여유도 없이
걸어온 삶의 뒤안길에서

조금만 쉬어 가자고
너무 숨이 차다고
힘에 겨워 쓰러질 것 같다고
시린 눈물 흘리던 당신

변두리 허름한 정거장일지라도
쉬어갈 의자는 있었지만
모른 척 외면하고 말았습니다

한 살 두 살 나이를 먹을수록
육신의 고통 속에 빠져드는
당신을 볼 때면
이제는 돌아갈 수 없는 지난 시절
무심히 지나쳐 버린 정거장이
아련히 떠오릅니다

함박눈이 내리는 어느 겨울날
허름한 정거장에
쓸쓸히 앉아 있던 당신의 모습이
너무나 그립습니다

제목 : 정거장
시낭송 : 박영애
스마트폰으로 QR 코드를 스캔하면
시낭송을 감상할 수 있습니다

사랑합니다, 당신을

1부 서리꽃 당신

가슴 아픈 강이 있습니다

세월이 흘러도
마음에 남아 있는
가슴 아픈 강이 있습니다

메마른 입술 사이로
촉촉한 사랑 남겨 주고
흘러가 버린
가슴 시린 강입니다

꽃이 지고 여름이 와도
인적 없는 강가엔
고개 숙인 갈대만이
서걱서걱 흐느껴 웁니다

또다시 강가에 꽃이 피고
뻐꾸기 둥지 틀 때면
조각배 하나 띄어 보내려 합니다

애타는 그리움
행여나 전해질까 봐

내 맘속에 겨울

안개가 자욱한 거리에
가로등이 외롭게 울고 있다

마른나무 가지에 힘없이 너울대던
작은 나뭇잎 하나
떠도는 바람에 생을 마감한다

지난가을 화사했던
너의 모습은
홀연히 사라져 버리고
텅 빈 거리에는 고독만이 서성거린다

오늘처럼 가랑비 내리는 밤이면
살포시 다가서는
서글픈 당신의 젖은 그림자

가슴이 너무 아프다
또다시 내 맘속에
시린 겨울이 오려나 보다

제목 : 내 맘속에 겨울
시낭송 : 장화순
스마트폰으로 QR 코드를 스캔하면
시낭송을 감상할 수 있습니다

1부 서리꽃 당신

나목(裸木)

함박눈 내리는 겨울밤
짙은 어둠 사이로
그리움이 스멀스멀 다가온다

외로움에 떨고 있는 나목 위에
하얀 눈이 쌓이고
사랑도 점점 깊어만 간다

그렇게 잠시 머물렀던
우리들의 사랑도
매섭게 불어온 겨울바람에
하나둘 사라져 버리더니

나목은
또다시 혼자가 되고 말았다

나목의 야윈 모습처럼
우리들의 사랑도
우리들의 추억도

그렇게 쓸쓸하게
혼자가 되어가고
세월 속에 잊혀져만 가겠지

가을과 함께 떠난 후
눈 속에 묻혀 있는 낙엽처럼

겨울비 내리는 밤

앞섬 마을에 겨울비가 내린다

빗물을 따라 흐르는
싸한 추억이
메마른 가슴을 울린다

어느덧
초로의 나이가 되어
어린 시절 뛰놀던 강가에
홀로 서니
회한의 눈물이 입술을 적신다

야속한 세월에 저당 잡힌 채
살아온 지난 시간들...

흰머리가 눈가를 스치는
어느 겨울밤
환한 미소로 수줍은 듯 포옹하던
당신의 고운 얼굴

어두운 창가에 빗물이 머무는
쓸쓸한 겨울밤이면
다가서는 그리운 사람

당신

1부 서리꽃 당신

그해 겨울, 낙산의 바닷가

유난히도 춥던 그해 겨울
하얀 물결 춤추던 낙산의 바닷가
빽빽하게 늘어선 푸른 노송 사이로
소박하면서 섬세한 예술의 향연

수백 년 역사의 흔적이던가
오랜 세월 수난에도 변함이 없네

바닷가 기암 사이로 파도는 밀려오고
동쪽에서 불어오는 찬 바람은
콧등을 스치는데

부둣가에서 소주 한 잔 기울이려니
투박한 아낙네의 입담에
해지는 줄 몰랐네.

삶이란 무엇이던가
공수래공수거 아니던가
창파에 펼쳐진 붉은 노을 바라보려니

산사에서 들려오는 은은한 풍경 소리
풍파에 지친 몸 잠시 쉬어가라 하네

접시꽃 사랑

바람에 흔들리는 모습이
너무 가여워
가던 걸음 잠시 멈추고
너를 바라본다

아침 이슬
살포시 머물던 입술에는
쓸쓸함이 남아 있고

흔들리는 어깨 위엔
어느새
고독만이 흐르고 있다

해마다
접시꽃이 활짝 필 때면
생각나는 사람

꽃잎을 스치는 바람 따라
떠나간 그리운 사람
접시꽃 사랑

그래요, 이제 알 것 같아요

그래요
앙상한 가지만 남은
나무를 볼 때면
당신이 생각날 거라고
말한 적이 있었죠

그래요
지난 추억을 생각하며
회한의 눈물 속에
당신을 그리워할 거라고
말한 적이 있었죠

그래요
이제 알 것 같아요
왜 그리도 당신의 뒷모습이
쓸쓸해 보였는지

그래요
이제 알 것 같아요
왜 그리도 거리의 낙엽이
외로움에 울고 있었는지

영산홍 연가

세찬 빗줄기 속에
서글프게 울고만 있는
가련한 여인이여

외로움에 젖어 있는
야윈 어깨 위로
그리움만이 쌓여간다

간들거리는 몸짓
매혹적인 붉은 입술도
세월 속에 사라지고
향기마저 점점 잃어 가니

꽃이 필 때면 생각나는
첫사랑의 추억도
거리에서 서성이고 있다

쓸쓸히 떨어지는 꽃잎 속에
묻어버린 아픔

아, 그리운 사람이여!

1부 서리꽃 당신

서리꽃 당신

당신이 그리울 때면
가지 위에 울고 있는
하얀 서리꽃을 봅니다

햇살이 포근히 안아줄 때면
울보가 되고야 마는
하얀 서리꽃은
여린 당신을 닮았습니다

내 가슴에 얼굴을 묻고
사랑을 속삭이며
뜨거운 눈물만 흘리던 당신

무심한 세월 속에
당신도 언제부터인가
울보가 되고 말았습니다

서러운 눈물 속에 사라지는
하얀 서리꽃처럼

제목 : 서리꽃 당신
시낭송 : 박영애
스마트폰으로 QR 코드를 스캔하면
시낭송을 감상할 수 있습니다

그녀의 미소가 머문 창가에

그녀와 거닐던 거리를
오늘도
이렇게 서성거린다

스쳐가는 지난 순간들
되돌릴 수 없는 시간들

사랑은 가고 없지만
아련한 추억은
시린 마음속에 가시가 되어
가슴을 헤집고 있다

그녀의 미소가 머문 창가에
그리움이 하나 둘
차곡차곡 쌓여만 간다

지친 가로등도 졸고 있는
기나긴 겨울밤에

커피잔에 머문 그리움

소나무 가지에 걸쳐 있던
마른 나뭇잎
삭풍에 시달리다 허공을 떠돌고

눈 내리는 거리에 펼쳐진
순백의 향연에 취해
까만 밤을 하얗게 지새운다

눈 쌓인 거리를 방황하는
희미한 그리움 하나
커피 잔에 잠시 머물다 떠난 후

갈색 탁자 위에 남겨진 커피잔은
주인을 잃은 채
또다시 고독만 쌓여가는데

식어가는 커피만큼이나
나의 심장도
나의 사랑도
또다시 온기를 잃어간다

인적이 끊어진 거리에
하얀 눈이 내린다
저 멀리 그리움이 다가온다

아내

일찍 오면
친구도 없냐며 투덜대고
술 마시고 늦게 오면
딴살림 차렸냐며 의심하고

밥 조금 더 달라면
배 나왔다고 구박하고
월급날이면
한 달 내내 쥐꼬리나 찾고

늙어서 구박받지 말고
떠받들며 살라 협박하고
잘 생긴 연예인 티비에 나오면
눈 흘기며 신세타령

웃었다가 짜증 내길
하루에도 수십 번
안 보면 궁금하고
자주 보면 괜히 성질 나는

도무지 알다가도 모를
이상한 존재

21

능소화 연정

능소화 활짝 핀 창가에
하얀 비가 내린다

인적 없는 까만 골목길
그 집 앞에
또다시 걸음을 멈춘다

어둠이 내려앉은 창문엔
정적만이 흐르고
비에 젖은 야윈 꽃잎은
외로움에 떨고 있다

달콤했던 너의 입술
수줍던 첫 키스의 추억은
희미해진 기억의
저편으로 사라져 버리고

비에 젖은 미련만이
여린 몸짓으로
차가운 유혹을 보내고 있다

하얀 비 내리는 밤
능소화가 서글프게 울고 있다
그 집 앞에

임 떠난 후

촉촉이 젖은 창가에
홀로 앉아서
한 잔의 커피를 마주한다

임 떠난 후
창살을 타고 흐르던 빗줄기는
잠시 숨을 멈추었고
화사했던 꽃잎마저 떠나버렸다

비가 내리고 꽃이 떨어지니
텅 빈 가슴엔 그리움만
차곡차곡 쌓여가고

눅눅한 방 한구석엔
고독만이 흐르고 있을 뿐
어디에도 그대는 없다

임 떠난 쓸쓸한 거리에
꽃이 떨어지고
거친 바람이 얼굴을 스친다

흩어지는 가로등 불빛 아래
또다시 비가 내린다

싸늘히 식어버린 커피가
오늘은 왠지 낯설다

봉선화 연정

이슬 맺힌 담장 아래
수줍은 듯
고개 내민 봉선화야

고운 임 그리워
흘린 눈물
붉게도 물들었구나

오신다는 임 소식에
연지 곤지 꽃신 신고
임 마중 나왔건만

어찌하나
어찌하나
떠난 임은 오지 않으니

그리움이 쌓이고 쌓여
떠도는 혼이 되어 버린
한 맺힌 여인이여!

사랑 찾아 울고 있는
짝 잃은 기러기야
바다 건너 임 계신 곳에
향기라도 전해주련

찬서리 내리더니, 겨울이 왔다

앙상한 나뭇가지에 걸쳐 있는
초라한 잎새 하나

붉은 노을 저무는 고개 넘어
휘돌아 불어오는
초겨울 세찬 바람에

가쁜 숨 몰아쉬더니
툭, 떨어져
아쉬운 생을 마감한다

찬서리 내리는 밤,
어둠에 묻혀 버린 거리

길가에 희미한 가로등 아래
떠도는 낙엽 따라
겨울바람이 불어온다

차가운 포옹으로 맞이하는
가슴 시린 계절

찬서리 내리더니,
겨울이 왔다

종착역

추적추적
가을비 내리는 종착역에
바람이 분다

적막감이 흐르는 대합실
낡은 의자에는
세월의 흔적만이 남아 있다

녹슬은 철길 위로
흘러내리는 빗물 따라
시나브로 떠나버린 시절들

어느덧 초로의 몸이 되어
이 자리에 서니
비에 젖은 갈잎마저
서걱서걱 흐느껴 울고 있다

한걸음 한걸음 내딛는
종착역을 향한
삶의 무거운 발걸음...

싸한 갈바람이 불고 있는
쓸쓸한 종착역에
오늘도 가을비가 내린다

당신이 그리운 이 밤에

겨울비가 머물다 간
젖은 창가에
싸한 그리움이 다가온다

이미 지나 버린 시절
아스라이 사라진 추억들이
스멀스멀 떠오르는 밤

야윈 어깨너머로
돌아누운 미련 하나
살포시 머물다가 떠날 때

사람 없는 텅 빈 거리에
고독만이 홀로 남아
쓸쓸히 방황하고 있다

깊어가는 겨울
당신이 그리운 이 밤에

1부 서리꽃 당신

당신의 빈자리

당신이 떠나간 지난밤
삭풍에 시달리던
나뭇잎 하나
싸한 벤치 위에 홀로 앉아
외로움에 울고 있다

마음도 떠나고
사랑도 떠나버린 거리에
눈보라가 몰아친다

하얀 눈 속에 묻어버린
당신을 향한 애절한 그리움

감성마저 사라져 버린
고개 숙인 시인의 펜 끝은
점점 무뎌져만 가고
텅 빈 가슴에
가시가 되어 버린 미련

눈이 내리는 겨울밤
싸늘한 고독만이 남아 있는
당신의 빈자리

그리움

가끔,
당신이 생각납니다

그저 잊혀질 흔적이라고,
되돌릴 수 없는 세월이라고
버티며 살았습니다

때로는,
지난 추억을 회상하며
실없는 웃음도 지어보지만

이제,
그리움은 가슴 한 쪽에
묻어두렵니다

그리운 것은
그냥 그리운 대로
남겨둔 채
그렇게 살아가렵니다

훗날,
낙엽이 지고 눈이 내리고
멀어져 간 그리움이
또다시 찾아온다 해도

겨울새

바람이 머물다간
앙상한 가지에

이름 모를 새 한 마리
서럽게 울고 있다

사랑 때문에
미련 때문에

떠난 임을 못 잊어
방황하는
슬픔의 심로인가

너울대는 가지 위에
하나 둘
차곡차곡 쌓여만 가는
애틋한 그리움

그리움이 머물다간 거리

겨울바람이 세차다

야윈 낙엽 하나가
쓸쓸히 거리를 방황한다

지난가을
미련만 남기고 떠나버린
애틋한 사랑 때문인가

그리움이 머물다간
텅 빈 거리에
싸하게 흐르는 정적

비에 젖은 가로등 아래
차디찬 고독만이
웅크리고 앉아 있다

화사했던 거리도 얼고
가로수도 얼고
사랑까지도 얼어 버렸다

그리움이 머물다간 거리에

얼굴

석양이 짙게 물들수록
더욱 또렷해지는
그리운 얼굴

잠 못 들어 뒤척이는
고독한 어깨너머로
또 하루가
흔적 없이 사라진다

사랑을 잃어버린
공허한 마음
깊고 깊은 침묵만이 흐르고

캄캄한 어둠 속
떠도는 밤하늘의
별을 보며
그려보는 당신의 얼굴

보고 싶은 얼굴,
사랑하는 사람이여!

꽃창포 첫사랑

아무 말 없이 떠난 사람
그 모습, 그 향기는 잊혀가지만
애틋한 추억만은 남았습니다

방황의 늪 속에 빠져서 몸부림칠수록
잊고 싶은 지난 시절이 떠오릅니다

꽃창포 아래, 달콤했던 당신의 입술
설레이던 첫사랑은
아련한 추억이 되었습니다

고즈넉한 덕수궁 돌담길
빛바랜 벤치에는
고독만이 홀로 남겨진 채로
석양을 바라봅니다

세월이 가면 우리의 시절도 가고
당신과의 슬픈 인연은
가슴 시린 사랑이야기로
기억될 것입니다

꽃창포 첫사랑으로

제목 : 꽃창포 첫사랑
시낭송 : 박영애
스마트폰으로 QR 코드를 스캔하면
시낭송을 감상할 수 있습니다

1부 서리꽃 당신

백리향

비에 젖은 백리향
흐느껴 우는
고운 임 홀로 가시는 길

준비 없는 이별에
못다 한 사랑
후회만 가득 남았을 뿐

짧았던 인연이었지만
잊을 수 없노라고
이렇게 보낼 수 없노라고

목놓아 불러 보지만
비에 젖은 백리향
향기마저도 사라져 가니

임 그리워 흐르는 눈물
어이하면 멈추려나

2부 반쪽 사랑

사랑한다는 것

지금 이 순간
한 공간에서 당신과 함께
숨 쉬는 것만으로도 행복합니다

아쉬움 속에 가을이 떠나고
겨울이 성큼 다가왔지만

활짝 웃는 당신의 얼굴을 보며
우리가 존재한다는 것에 감사하며
한 잔의 커피를 마주할 수 있다는 것에
행복을 느낍니다

겨울비 내리는 종착역이 가까워질수록
인연의 사슬도 녹이 슬고
언젠가는 끊어지고 말겠지만
결코 후회는 않겠습니다

당신을 사랑한다는 것과
함께한 시간들을

꽃창포 아래

지난밤, 숨죽여 울던 갈대는
떠나간 님 그리워
고개 숙이고

하얀 이슬 머금은
노란 꽃창포 잎새에는
시린 가슴 한가득 슬픔만 남아 있네

함박눈이 내리던 그해 겨울
아무 말없이
흐느끼며 돌아서던 당신

망각의 세월 속에 던져진
인연의 굴레는
돌이킬 수 없는 아픔이 되어 버렸네

달 밝은 밤
꽃창포 아래 속삭이던
사랑 이야기는

결국, 가슴 아픈 너와 나의
슬픈 세레나데

동백꽃

떠난 임이 그리워
매서운 눈보라 속에도
봄을 재촉하는 몸부림인가

한겨울
모진 추위에도
빼어난 자태 잃지 않고
지난가을 맺은 언약 지키려
홀로 붉게 물들었네

선연한 붉은 입술은
임을 향한 서글픈 고백

수줍음에 떨리는 꽃잎
향기마저 애처롭다

춘풍(春風)

저 멀리
푸른 산야를 휘돌아
불어오는 춘풍

실개천이 흐르는 물가에
개나리 꽃망울이
춘풍에 몸이 달았네

새벽이슬에
촉촉이 젖은 가녀린 몸
흔들흔들
누구를 유혹하려는지

춘풍의 뜨거운 애무에
화들짝 놀란 가슴
속살마저 노랗게 물이 들더니

활짝 핀 입술 한가득
봄을 노래하네

꽃이 운다

비가 내리니
꽃이 운다

꽃이 우니
사랑이 울고
덧없는 세월도 운다

지난봄, 화사했던 모습은
이내 사라지고
침묵만이 서성거린다

가지 위에 걸터앉은
떠돌이 꽃잎은
또다시 이별을 노래하고

비 내리는 강가에
뻐꾸기 한마리
서글프게 울고 있다

비가 내리니
꽃이 운다

인적 없는 거리엔
오늘도 비가 내린다

명자꽃

봄비 속에 수줍은 듯
살짝 핀 명자꽃

꽃향기 머금은
선홍빛 붉은 입술에
멈춰 버린 눈물

겨울이 가고 봄이 왔다고
설레이던 첫사랑을
결코,
잊은 것은 아니겠지

빗장 걸은 시인의 마음에
뜨겁게 다가서는
거침없는 너의 유혹

곱디 고운 꽃잎 속에
숨겨진 속살
촉촉이 젖어 있는 너

코스모스

메마른 돌 틈
사이로
활짝 웃는 코스모스

수줍은 듯 춤사위에
붉게 물들고

가을 향기 실어 오는
실바람은
코끝을 스쳐가네

노랑나비 하얀나비
사랑을 노래하면

불타는 내 입술은
어느새
너를 삼켜 버리네

연극 그리고 인생

무더운 여름이 가고
가을이 오면
아픔도 사라지고
새로운 삶이 오겠지

추운 겨울이 지나고
꽃 피는 봄이 오면
이별의 슬픔도 가고
새로운 인연이 오겠지

연극이 끝나고 난 뒤
배우들의 삶이
또다시 시작되듯

우리들의 인생도
그렇게
한 편의 연극처럼
시작과 끝이 반복되는 거겠지

2부 반쪽 사랑

홍매화

찬바람 모질게 불어
못 오시는가
눈보라에 가로막혀
못 오시는가

한겨울 혹한에도
굽히지 않는 너의 정절
정열의 화신
나의 연인 홍매화여!

인고의 세월
한 맺힌 꽃망울마다
뜨거운 선혈 가득한데

늦겨울 햇살 속에
활짝 핀 입술
속정만 가득하구나!

복수초

얼마나 외로우면
저리도 서럽게 울고 있나

저 멀리 남쪽에서 불어오는
따사로운 바람은
어느덧 봄을 노래하는데

지난겨울이 남겨 놓은
묵은 올가미조차도
풀지 못한 너의 모습이
너무도 가련하구나

애처롭게 피어난 눈망울마저
촉촉이 젖은 채

고개 숙인 시인의 펜심에
거부할 수 없는
차가운 유혹으로 다가서는
너란 존재

제목 : 복수초
시낭송 : 박영애
스마트폰으로 QR 코드를 스캔하면
시낭송을 감상할 수 있습니다

추억 속에 멀어져 간 당신

차가운 겨울바람이
옷깃을 스쳐 지나갑니다

갈바람에 떠나간 당신
길고 긴 겨울
눈물 속에 밤을 지새우는 건
아니신지요

어느덧 중년이 되어 버린 지금
심장이 멎을 것 같았던
이별의 모습이 아른거려
가슴이 아려오지만

한겨울 모진 추위 속에도
생명력을 잃지 않는
숭고한 인동초의 삶처럼
그렇게 살아갑니다

추억 속에 멀어져 간 당신
행여나 돌아올까 봐
눈보라 몰아치는 바닷가에서
소리쳐 불러 봅니다

미워도 미워할 수 없는
그리운 당신을

제목 : 추억 속에 멀어져 간 당신
시낭송 : 박영애
스마트폰으로 QR 코드를 스캔하면
시낭송을 감상할 수 있습니다

봄 향기

봄을 재촉하는 가랑비
소리 없이 내리고
매화 향기 바람에 실려
콧등을 스치는데

무슨 미련이 남아서인지
가지 위에 머문 잔설은
떠날 줄을 모른다

봄 향기 피어나는
실개천이 흐르는 갈대숲
살얼음 사이로

하얀 물살을 유영하는
오색의 산천어 무리
애타게 봄을 기다리는데

시샘 많은 꽃샘추위에
주춤하는 봄 향기

2부 반쪽 사랑

반쪽 사랑

어두워진 창밖으로
봄비가 내리고 있습니다

차가운 벽에 홀로 누워 있는
검은 그림자는
미동조차 없습니다

책갈피 속에 오랜 세월 간직해 온
빛바랜 낡은 사진을 보며
당신의 옛 모습을 생각합니다

살아오면서
힘들 때면 당신을 먼저 원망했고
얼굴에 늘어가는 주름을
모른 척 외면도 하였습니다

이제, 초로의 몸이 되고 나서야
뒤늦게 깨달았습니다
당신을 향한 나의 사랑은
반쪽 사랑이었음을

채우지 못한
그런 사랑이었음을

제목 : 반쪽 사랑
시낭송 : 박영애
스마트폰으로 QR 코드를 스캔하면
시낭송을 감상할 수 있습니다

48

비에 젖은 목련

세찬 빗줄기가 낡은 창문을 때린다

떨어지는 빗물 사이로
살포시 콧등을 스치는 상큼한 꽃향기

잠시 걸음을 멈추고 주위를 둘러보니
고즈넉한 돌담 모퉁이에
외로움에 떨고 있는 하얀 목련

꽃잎이 떨어지고 속살이 더럽혀져도
거리 위에 고운 향기를 쏟아낸다

다람쥐 쳇바퀴처럼 살아온
지친 삶의 그림자
욕심을 내려놓고 미움도 내려놓고
삶의 향기 나누며 살고 싶다

빗속에 향기를 나누는
하얀 목련처럼

유혹(誘惑)

풀잎에 걸쳐 있는 이슬도
차가운 봄바람마저도
곱디고운 너의 자태에
호흡마저 멈춰 버렸고

살포시 벌어진
연분홍 옷깃 사이로
살랑살랑 유혹(誘惑)하는
진달래꽃 붉은 속살에

사랑 찾아 방황하던
벌과 나비
감당 못할 사랑의 늪에
흠뻑 빠져 버렸네

님의 향기 그리움 되어

그대 맘속에
머물 곳이 없다는 생각에
조금의 망설임 없이
발길을 돌리고야 말았습니다

행여나 작은 미련이라도
남기게 되면
먼 훗날
상처가 될 수 있기에

그대를 진정 사랑했지만
이젠 잊고 사노라고

그대와 함께 오르던
소래산 골짜기에
진달래꽃 향연이 펼쳐지는
봄이 올 때면

봄바람에 실려온 당신의 향기
애절한 그리움이 되어
가슴이 아플지라도

진달래꽃 활짝 핀 바위에
홀로 앉아
봄바람에 날려 보내렵니다

숨겨 둔 애증마저도

51

지울 수 없는 사랑

어두운 창밖으로
마지막 봄비가 내린 후
아쉬움에 눈물을 흘리는 것은
진정 아닙니다

봄이 떠나고
낯설지 않은 계절이 또다시 찾아왔지만,

잊을 수 없는 이놈의
사랑 때문에
가슴이 시리고 너무 아파서
지난밤
울보가 되고 말았습니다

봄이 떠나간 빈자리엔
잡초만 무성할 뿐
당신의 향기마저 사라졌습니다

봄비 속에 떠나간 그 사람
떨어지는 꽃잎들,

지울 수 없는 이놈의 사랑
참, 어렵습니다

흔적

금강 줄기를 따라
봄비가 서글프게 내린다

고즈넉한 강경 포구에
하나 둘 모여드는
허름한 어선 사이로
붉은 노을이 걸칠 때면

터벅터벅 걸어오시던 어머니의
무거운 발걸음에는
곱디곱던 여인네의 한 서린
질곡이 담겨 있었다

어느덧 초로의 몸이 되어
비가 내리는 강가를
홀로 거닐다 보니
싸한 추억에 가슴이 아려온다

가버린 세월 속에 남겨진 그리움,
채울 수 없는 빈 가슴

아련히 떠오르는 어머니의 얼굴
그리고
남겨진 흔적들,

그리움이 머물고 있는 포구에
오늘도 비가 내린다

제목 : 흔적
시낭송 : 박영애
스마트폰으로 QR 코드를 스캔하면
시낭송을 감상할 수 있습니다

봄비 속에 떠난 사랑

한순간 옷깃을 스치던
봄바람의 유혹에
사랑이 다가온 줄 알았다

비가 내리는 어느 날 오후
촉촉한 속살로 다가와
수줍게 사랑을 속삭이던
개나리, 진달래 어여쁜 처녀들

아름답다고
사랑한다고
말 한마디 못한 채 그렇게
떠나보내고야 말았다

하얗게 지새운 지난밤
봄비 속에

영산홍 첫사랑

물안개 자욱한 강나루에
이름 없는 새 한 마리
속절없이 울어대고

외로움에 떨고 있는 가지 위로
싸늘한 고독만이
잔뜩 웅크리고 앉아 있다

싸한 강바람에 너울대는
매혹적인 붉은 입술은
하루하루 빛을 잃어 가니

야윈 가슴속에 살포시 숨겨둔
애틋한 첫사랑마저
강가에 쓸쓸히 머물다가

홀연히 사라져 버린다
물안개 속으로

낙화

가로등 불빛이 힘없이 너울거리는
싸한 새벽 거리에
꽃잎이 하나 둘 떨어진다

떨어지는 꽃잎, 앙상한 가지에는
쓸쓸함이 남아 있고
텅 빈 거리에는 침묵만이 흐른다

세상 모든 존재가 끝이 있듯이
비록 잠시였지만
화사했던 삶도 어찌할 수가 없나 보다

바람이 불지도 않았는데
이별을 말하지도 않았는데
거리를 떠돌다가 사라져 간다

꽃잎 떨어지는 소리에 가슴이 아프다
기나긴 밤이 새도록

모두가 떠나버린 밤

바람에 흔들리는 가지 사이로
싸한 고독이 흐른다

화사했던 너의 모습은
한순간의 행복이었나
오랜 기다림 끝의 춘몽이었나

너울거리는 잎사귀 위에
외로움이 서성거린다

봄도 떠나고
꿈도 떠나고
청춘도 떠나 버렸다

떠도는 꽃잎 흐느껴 우는 이 밤에,
달빛 아래 뻐꾸기만
애절한 사랑을 노래한다

3부 파랑새를 찾아서

그리움이 나를 부른다

그리움이
나를 부른다

남도 어느 바닷가
작은 마을에

코끝을 스치는
엄마의 분향기가
나를 부른다

금계국 곱게 핀
개울가에
여전히 남아 있는
포근한 살내음

채마밭에
살포시 숨겨둔
엄마의 사랑

그리움이
나를 부른다

세월이 가는 줄만 알았는데

세월이 가는 줄만
알았는데
추억으로 점점
다가오고 있었다

아스라이 사라져 간
싸한 기억 속에
가시로 남아 있는
그 사람

여름이 떠나고
또다시
가을의 문턱에 서니

흰머리 휘날리는
주름진 눈가에
시린 눈물
살포시 머물다 사라진 후

떨어지는 꽃잎에 투영되는
그리운 사람

욕심

욕심을 버리고
마음의 밭에
씨를 뿌리겠습니다

비바람이 불어도
눈보라가 몰아쳐도

당신 향기 가득 담긴
꽃을 피우렵니다

꽃이 피고 질 때마다
기억하겠지요

멀리한 욕심이
사랑이 되었다는 것을

마이산

억겁의 세월 쌓아온
부부의 정성은
하룻밤의 꿈이었나

깊은 한 가슴에 묻은 채
외로움에 울고 있는
쓸쓸한 뒷모습

산마루 넘어가는 석양은
갈대 위에 쉬어가고
사연 깊은 석탑 뒤로
휘돌아 불어오는 갈바람

스산한 범종 소리
숲속의 적막 깨울 때

고즈넉한 산사의 밤
깊어가는 가을

바닷가의 추억

노을 곱게 물들고
은빛 물결 노래하는
지난여름
바닷가 백사장

밀려온 하얀 파도 속에
살며시 숨겨 둔
우리 둘만의 추억

그리움이 몰려와도
돌아갈 수 없는
가슴 아픈 그때 그 시절

준비 없는 이별에
기약도 없는 평행선을
고독 속에 걸어야만 하는
가슴 아픈 현실

지난여름 바닷가의
슬픈 세레나데

비 내리는 금강에서

비 내리는 금강
앞섬 마을에 바람이 분다

얼굴을 스치는 빗물은
강물 따라 흐르고
삶에 지쳐버린 육신은
다람쥐 쳇바퀴 속에 갇혀 있다

길지 않은 인생길
머물 수 없는 우리들의 시절들

비 내리는 강기슭에 펼쳐지는
운무의 멋진 향연은
엷은 시심을 자극하지만

고개 숙인 시인의 펜 끝은
오늘도 여전히
거친 질곡 속을 떠돌고 있다

비에 젖은 꽃잎처럼
갈 곳을 잃은 채

녹슨 철모 위에 비는 내리고

저 멀리 골짜기를 따라
비가 내립니다

사람들의 발길이 끊어진
소나무 숲 사이로
녹슨 철모 하나가 쓸쓸히
비를 맞고 있습니다

수 십 년 전,
조국을 위해 목숨을 바치겠다는
신념 하나로
전쟁터에 청춘을 묻어야만 했던
이름 모를 젊은이의 흔적은
세월 속에 잊혀진 채

지뢰가 묻혀 있는 철책 구석진 곳
이름 모를 풀벌레 울고 있는
어두운 숲속에서
외로움에 울고 있습니다

포성이 멈춘 어느 추운 겨울,
보고 싶은 어머니 생각에
쓸쓸히 눈을 감으며 흘렸던 눈물이
녹슨 철모 위에
여전히 마르지 않은 채

파랑새를 찾아서

안개비가 내리는 아침
하얀 운무에 갇힌 골짜기에
깊게 울려 퍼지는
뻐꾸기의 울음소리가 처량하다

개 짖는 소리
닭 우는 소리
경운기의 요란한 엔진 소리는
숲의 적막을 깨우기에 충분하다

이슬에 젖은 풀잎 사이로 다가오는
아침 햇살이 눈에 부시다

야윈 어깨를 따라 흐르는
고독의 그림자는
반복되는 삶의 투쟁을 예견하고

또다시 삶의 터전을 향하여
힘겨운 하루를 시작한다

나의 사랑 파랑새를 찾아서

소환된 사랑

습한 기운이 창살을 타고 흐른다

방 한구석엔 먼지 쌓인 낡은 선풍기만
힘없이 돌고 있을 뿐
지난밤, 양철 지붕을 때리던
요란한 빗줄기는
가슴속에 박혀 있던 날카로운 가시를
세상 밖으로 소환하고 말았다

어둠 속에 묻혀 빛을 잃고 살다 보면
가슴 시린 사랑도 떠나가고
그저 강물에 흘려보낸
지난 사랑으로 잊혀질 줄 알았는데

한번 상처 입은 마음은 회복하기 어려운 법
자기 마음대로 왔다가
자기 마음대로 떠나기도 하지

제목 : 소환된 사랑
시낭송 : 박영애
스마트폰으로 QR 코드를 스캔하면
시낭송을 감상할 수 있습니다

상사화 연정

빗속에 울고 있는 당신
차마 볼 수가 없어서
아무 말 없이
돌아서고 말았습니다

스쳐 지나는 인연도
인연이라고 말하지만

홀연히 떠나간 당신이
너무도 그리워
바람에 너울대는 춤사위에
서글픔을 달래 봅니다

사랑한다고
보고 싶다고
소리 내어 불러도 보았지만
외로움만 쌓여갈 뿐

천년, 만년 세월이 흐른다고 하여도
만날 기약조차 없는
숙명 같은 우리의 인연에
가슴이 아려오지만

제목 : 상사화 연정
시낭송 : 박영애
스마트폰으로 QR 코드를 스캔하면
시낭송을 감상할 수 있습니다

그저 참고 기다리렵니다
처연한 삶 속에서

저 멀리 산이 다가온다

비에 젖은 하얀 운무가
아무 말없이
산에 걸쳐 있다

욕심과 거짓은 버린 채
상큼한 춤사위로
골짜기마다 둥지를 튼다

욕심을 버리고
마음을 비우고
거대한 산을 품은 운무가 되고 싶은데
뒤돌아 보니 가슴만 먹먹하다

비바람에 떨고 있는 꽃잎마저도
가슴에 품으려 하니
힘없이 떨어지고 만다

숲속에 뻐꾸기가 나를 부른다
저 멀리 산이 다가온다

외줄 타기

무엇이 두려운가
저 푸른 하늘이 지켜주는데
무엇이 외로운가
가을바람이 함께하는데

외줄에 매달려 세상을 보니
고급 아파트도
멋진 승용차도
티끌처럼 작아 보인다

욕심을 버리고
세상을 내려다보자
결국, 인생은
공수래공수거 아니던가

외줄에 매달려 세상을 보자
살아갈 이유가 있는
오늘만큼은

홍여문 가는 길

동인천역 가로질러
홍여문 가는 길
골목골목 옛 모습에
초로의 가슴은 설레인다

벗들과 거닐었던
고즈넉한 돌담길엔
잔잔한 추억이 스며 있고

사연 많은 맥아더 동상은
풍파 속에 여전한데
시류에 방황하던 벗들은
바람처럼 사라져 갔네

바닷가 세찬 바람 속에
세월을 잡아보려니
저 멀리 붉은 노을만이
싸한 그리움에 너울거린다

바람처럼 떠나버린 너

하얀 비 내리는 밤
홀연히 다가온
당신을 향한 그리움

살짝 열린 창문 사이로
고독이 기웃거릴 때

바람처럼 떠나버린
너를 생각하며
회한의 눈물을 흘린다

가버린 사랑도
잊혀진 추억도
그리움마저도
빗물 속에 사라져 버리고

문밖에
낯선 그림자만이
비를 맞으며 우두커니 서 있다

바람처럼 떠나버린
너를 생각한다
궂은비 내리는 이 밤에

바다는 울고 있다

저 멀리 바닷가 갯벌 위에
우뚝 솟은 건물들이
인천대교와 함께
해무의 올가미에 갇혀 버렸다

끝없는 인간의 욕심으로
먹이를 찾던 바다새도
뛰놀던 물고기도
떠나 버린 쓸쓸한 바다

술에 취해 출렁이는 바닷가에
멈춰버린 파도,
갯벌에 누워 웃고 있는
서글픈 군상들

바다는 울고 있다

나를 멈추게 하는 것들

7월의 어느 여름날
세상을 삼킬 듯한 태양의 열기가
나의 발걸음을 멈추게 한다.

콘크리트 틈새에 핀 들꽃의
생존을 향한 애처로운 몸부림이
나의 발걸음을 멈추게 한다

분주한 거리에서 나물을 팔고 있는
아낙네의 검게 그을린 얼굴은
나의 발걸음을 멈추게 한다

폐지를 가득 실은 손수레를 밀어주는
여학생의 힘겨운 땀방울이
또다시 나의 발걸음을 멈추게 한다

오늘도 나의 발걸음을 멈추게 하는
삶을 향한 간절한 모습들을 생각하며
마음속에 새겨 넣는다

희망이라는 두 글자를

개미

인간은,
아름다움을 위해 화장을 하고
멋진 몸매 만들려고
시간과 돈을 투자하며

자동차, 휴대폰의 편리함에
중독되어 가고
땀 흘려 일하는 것을
점점 싫어한다

하찮은 미물에 불과한
개미는 어떠한가!

저기, 작열하는 태양 아래
사막을 횡단하는
개미의 무리를 보라!

검은 피부에 가녀린 허리의
이들에게는
멋을 위한 화장도, 다이어트도
관심이 없다

단지, 삶을 위한 처절한
투쟁만이 존재할 뿐

괭이부리마을 가는 길

거친 파도가 잠시 머물다간
한적한 괭이부리마을
만석부두에 비가 내린다

흘러간 세월 속에 사라져 버린
포구의 옛 모습

비에 젖은 날개를 휘저으며
먹이를 찾아 헤매는
갈매기의 무리가 애처롭다

부둣가 선술집의 정겨움도
선원들의 투박한 목소리도
잊혀진 포구의 밤,

쪽방이 늘어선 거리를 따라
옛 추억이 소환될 때면
시인은 쓸쓸히 낭만을 노래한다

재회(再會)

소복소복 함박눈 내리던
길고 긴 지난밤
당신 꿈을 꾸었습니다

일 년 열두 달 삼백육십 오일
그리움이 쌓이고 쌓여
꿈속에서 당신과의 재회(再會)가
이루어졌나 봅니다

당신에 대한 미운 마음이
더하면 더할수록
그리운 감정이 사무쳐서
가슴 시린 눈물을 흘립니다

오늘도 서쪽에서 불어오는
매서운 겨울바람이
거칠고 메마른 살결을
스치고 지나갑니다

혹독했던 겨울이 지나고
동백꽃 필 무렵이면
선연한 붉은 꽃 가득 안고
행여나
찾아와 주실런지요

보고픈 당신

비와 그리움

창밖에 비가 내린다

하얀 도화지에
연두색 파스텔을 칠해 놓은 듯
푸르름이 가득한 거실에
우두커니 앉아 있다

카푸치노 한 잔 즐기며
고독을 즐길 때
이름 모를 새 한 마리
허공을 맴돌다 사라진다

회색비가 내린다
저 멀리 그리움이 다가온다

해무(海霧)

까만 새벽
얼굴을 스쳐 지나는
차가운 바닷바람

저기, 성난 파도 너머로
하얗게 밀려오는
길 잃은 나그네 무리
발목을 적시우고

호기심에 다가서면
수줍은 듯 사라져 버리는
너란 존재

여명이 밝아오고
어둠마저 물러가니
가슴 깊이 파고드는
싸늘한 고독

떠나버린 사랑은
갯벌 저만치에 누워 있다

아, 테스형

화사했던 가을은
아무 말없이 떠나가고
가슴시린 겨울은
점점 깊어만 가는데

마스크에 숨겨진 채
식어버린 표정에는
주름만 점점 늘어간다

얼굴이 사라지니
감정도 사라져 버렸다

어느 노가수처럼
소크라테스라도 소환하여
하소연이라도 해볼까나

사람이 그립다고,
미소가 그립다고,
삶이 너무 힘들다고,

아, 테스형!
소크라테스형!

4부 추억 속에 묻어버린 당신

당신이 가고 없는 빈자리

검은 하늘 위로 싸아하게
별이 빛나는 밤

오늘도 창가에 기대어
홀로 잠 못 이루며
당신의 모습을 그려 봅니다

세상이 나를 매몰차게
넘어뜨릴 때
상처와 허물을 자신의 아픔처럼
감싸주었던 당신

밤하늘의 별이 유난히 밝은
오늘 같은 날이면
그런 당신의 얼굴이
더욱더 보고 싶습니다

당신이 가고 없는 빈자리가
너무도 크게 느껴지는
빈껍데기 같은 삶의 나날들

바람 따라 정처 없이 떠도는
민들레 홀씨 되어
당신의 품에 안기고 싶은
그런 내 맘

당신, 아실는지

낙엽을 밟으며

가을이 오면
떨어지는 낙엽을 밟으며
사랑을 속삭이고

뜻하지 않은 이별에
눈물도 흘리며
가슴 아린 사랑을 노래한다

잎새를 스치는 갈바람과
고독한 시인의
가슴 시린 사랑이야기는
한 편의 시가 되고
잊지 못할 추억이 되는데

애타는 간절한 사랑도
가을 앞엔 어쩔 수 없나 보다

생을 마쳐 지고야 마는
낙엽마저도
저리도 서럽다 울고 있으니

잊지 못할 포구의 밤

고요했던 바다에
먹구름이 몰려오더니
비바람과 함께 파도가 몰아친다

평온함이 사라진
포구의 밤,

사람의 발길이 끊어진
낡은 선술집의 희미한 전등만이
힘겹게 매달려 있다

인적 없는 포구에는
포근한 정도
따뜻한 사랑도 사라지고
메마른 침묵만이 흐르고 있다

포구의 낭만마저도
거친 파도가 삼켜버린 후
비에 젖은 등대만이
힘겨운 겨울을 기다리고 있다

멈출 기세 없는 비바람 속에
잊지 못할 포구의 밤은
또다시 그렇게
쓸쓸히 깊어만 간다

그대의 뒷모습에 드리운 그림자

고개 숙인 야윈 갈대 사이로
노을은 붉게 물들고

그대의 뒷모습에 드리운
쓸쓸한 그림자는
남겨진 미련 속에 너울거린다

텅 빈 내 가슴에 작은 사랑이라도
남아 있다면
이렇게 외롭지도
이렇게 서글프지도 않으련만

화사했던 가을마저 떠나가니
사랑했던 사람도
미워했던 사람도
세월 속에 점점 잊혀져 간다

당신을 미워하면 할수록
그리움만 마음속에 쌓일 뿐

낯설지 않은 그림자 하나만이
얼어붙은 거리에 누워
메마른 고독 속에 떨고 있다

4부 추억 속에 묻어버린 당신

가을 애상

가냘픈 코스모스
휘돌아 부는 가을바람

흘러가는 흰 구름 넘어
아련하게 남아 있는
쓸쓸한 잔영

이별 뒤에 찾아오는
후회, 그리움
그리고
습작이 되어 버린 추억

기억의 저편 속으로
아스라이 사라져간
각본 없는 애절한 사랑

가을 애상

상실의 계절

멈추지 않는 시간
어김없이 찾아온 상실의 계절

흰머리가 하나, 둘
늘어 갈수록
사랑, 이놈 때문에
너무도 가슴이 시리다

존재의 이유조차도
망각 속에 저당 잡혔던
미완의 그 시절

돌이킬 수 없는 미운 사랑
가슴속 아린 추억
그리고 남겨진 깊은 상처

뒹구는 낙엽 속에
잠시라도 숨겨둘까나
애타는 이 가을이
저물 때까지

사스페의 가을, 그리고 사랑

저 멀리 가을을 품고 있는
사스페 숲의 낙엽송이
노랗게 물들어갈 때

고즈넉한 슈텔리제 호수의
가을 향기에 취해
사랑을 속삭였던 그 사람

물안개 자욱한 스산한 호수에
홀연히 갈바람 불어와
마른 잎이 하나 둘 떨어진 후

또다시
가을이 떠나가고
사랑도 떠나가고
우리의 추억이 사라진다 해도
잊을 수 없는 그 사람

사스페의 가을 속에 숨겨둔
가슴 시린 사랑 이야기

사랑했던 그 사람

가을비

가을비 내리는 창가에
야윈 나뭇잎 하나
살포시 날아와

텅 빈 가슴 한구석에
그리움만 남겨 놓고
홀연히 자취를 감췄습니다

하얀 김 서린 유리창에
희미해져 가는
당신의 얼굴을 그려 봅니다

망각의 세월 속에
흰머리는 점점 늘어가고
아스라이 사라져 가는 기억들

축 처진 어깨너머로
쓸쓸한 그림자가 엄습할 때면
어두워진 창가에 기대어
당신을 생각합니다

지금, 창밖에 비가 내립니다
외로움에 지친
가을비가 울고 있습니다

깊어가는 가을

서걱서걱
흐느껴 우는 낙엽

거리를 휘돌아 부는
싸한 갈바람에
산산이 부서져 버리고

바람이 전하고 간
엄마의 향기는
밤하늘에 그리움으로
남아 있다

따스한 커피가 생각나는
스산한 가을밤,
쓸쓸함 뒤에 밀려오는
가슴 시린 그리움

아, 깊어 가는 가을 속에
방황하는 시인의
텅 빈 감성이여!

추억 속에 묻어버린 당신

당신, 정말 보고파
너무도 보고파서
산 너머 붉은 노을에
그대를 그려 보았습니다

산모퉁이 돌아서려니
곱디고운 당신의 그림자
드리운 것 같아서
잠시 걸음을 멈추었습니다

고즈넉한 가로수 그늘 아래
빛바랜 초라한 은행잎은
갈바람에 흩날리고
가을도 곧 떠나려 합니다

떠나는 계절이야 잊는다지만
잊을 수 없는 당신의 모습에
마음이 아려옵니다

추억 속에 묻어버린
그리운 당신

10월이 오면

거리에 뒹구는 낙엽만 봐도
왠지 슬퍼지고
외로움을 느끼는 계절,
가을이 왔습니다

따스한 커피 한 잔 마시며
분위기 있는 발라드 노래에 심취해
고독을 탐하게 되는 계절,
가을이 왔습니다

10월이 오면,
쓸쓸히 떨어지는 낙엽을 모아
그리움을 담고, 사랑을 담고
마음도 가득 담아서
당신에게 보내려 합니다

비 내리는 10월의 어느 날,
백열등 너울대는 선술집에 앉아
어느 가수의 "잊혀진 계절"을 흥얼대며
눈물을 글썽이던 당신의 모습이
너무도 그립습니다

가로수를 휘돌아 불어오는
싸한 가을바람이
중년의 고독으로 다가옵니다

10월이 오면,
가슴 시린 사랑은 빛바랜 낙엽 속에
잠시 숨겨두고
갈바람에 흐느끼는 갈대를 보며
그저 당신만을 생각하렵니다

당신을 사랑합니다

마지막 잎새가 떨어진 후

마지막 잎새가 떨어진 후
스멀스멀 찾아온
쓸쓸한 겨울밤

싸한 밤하늘에
작은 별 하나
외로움에 떨고 있다

앙상한 가지 사이로
시린 달빛이 내려앉은 밤,

욕심 때문에
미움 때문에
빗장 걸은 마음 때문에

남아있던 작은 사랑마저도
공허함에 묻혀 버리고
텅 빈 거리에
낙엽만이 떠돌고 있다

화려했던 지난 시절
잊지 못하고
미련만 남겨둔 채

가을이 떠날 때까지

움츠렸던 가슴
마음의 빗장을 활짝 열고
만추를 느껴 봅니다

화사했던 단풍마저
초라한 낙엽이 되어
거리를 떠도는
쓸쓸한 모습을 보면서

욕심을 내려놓고
미움을 내려놓고
고집도 내려놓았습니다

낙엽에 머물러 있는
그리운 얼굴은
그저 잠시
잊으려고 합니다

가을이 떠날 때까지

갈바람이 불 때면

날아간다 날아간다
내 맘속에 사랑이
떠나가고 있다

가을이 오면
갈바람이 불 때면
돌아온다던 당신

낙엽은 쓸쓸히 지는데
가을은 깊어만 가는데

찬바람 불어 못 오시는지
행여나 잊으셨는지

길가에 낙엽은 쌓여만 가고
텅 빈 마음엔
외톨이 그리움만 하나

덩그러니
홀로 남겨진 가을

세월, 참 무상하다

저 산 너머
홀연히 가을이 간다

앙상한 가지에
머물던
마지막 잎새마저

바람에 떨어져 길을 잃고
거리를 떠돌고 있다

결코, 잡을 수 없는
너였기에

쓸쓸히 떠나는
너의 뒷모습 바라보며
겨울을 기다린다

지나간 추억을
회상할 틈도 없이
성큼 다가온 겨울

가슴이 시리다
세월, 참 무상하다

만석 부두에서

늦가을 황혼이 물든
만석 부두에
싸한 갈바람이 분다

파도가 머문 쓸쓸한 바닷가
허름한 주점

주인 잃은 술잔에
그리움이 너울거린다

청춘도 떠나버리고
사랑도 떠나버리고
갈 곳을 잃은 채
외로이 거리를 떠도는 낙엽

그 사람
그 추억은 잊혀졌지만
남겨진 술잔 위에
아련히 떠오르는 얼굴

떨어지는 눈물에 술잔은 넘치는데
얼굴을 스치는 갯바람은
텅 빈 부두에 누워
쓸쓸히 낭만을 노래한다

적막(寂寞)

주인 없는 산사에
풍경소리 너울대고
개여울 갈대밭에
두견새 슬피 우는데

솔숲 가지 위에
하얀 달 걸칠 때면
이른 새벽 적막함이
고독을 외면한다

흘러간 강물처럼
돌아앉은 연민
빛바랜 나뭇잎에
살포시 실어 보내니

나목(裸木)은 생기를 잃고
마침내
속살마저 드러낸다

잃어버린 사랑

거리를 떠돌던 낙엽이
사라지고
그렇게 가을이 떠나간 후

사랑도
추억도
누구를 기다린다는 것조차도
짐이 되어 버렸다

아쉬움 속에 떠나버린 계절,
잃어버린 사랑

아, 가을!

당신을 소환합니다

은행잎 흩날리던 어느 가을날
하얀 교복에 짧은 단발머리의 모습으로
좋아한다고 고백하며 수줍어하던
순수했던 당신을 소환합니다

힘든 시기에 두 아이를 키우면서
언제나 변함없는 모습으로
정성 어린 밥상과 함께 넥타이를 매어 주던
부지런했던 당신을 소환합니다

사업에 실패하여 방황하고 있을 때
힘든 내색 한번 없이 새벽일 다니면서도
힘내라며 빈 지갑을 채워주며 활짝 미소 짓던
인자했던 당신을 소환합니다

흰머리가 하나둘 늘어가면서
이제 잠시 쉬어가려는데
수고했다고 안아 주고 싶었는데
육신의 고통에 당신은 쓰러지고 말았습니다

순수했던 당신, 부지런했던 당신
인자했던 당신의 모습이 너무 그립습니다

소록소록 하얀 눈이 내리는 아침
그때 그 모습의
당신을 소환합니다

제목 : 당신을 소환합니다
시낭송 : 박영애
스마트폰으로 QR 코드를 스캔하면
시낭송을 감상할 수 있습니다

4부추억속에묻어버린당신

사랑, 참 아프다

가지 위에 걸쳐 있는
마른 잎 하나
사르르 떨어지는 밤

찬바람이 불어오니
인적 없는 텅 빈 거리에
쓸쓸함만 홀로 남아 있다

가을도 떠나가고
사랑도 떠나가 버리니
총 맞은 것처럼
아픈 가슴이 무너져 내린다

거리를 떠도는 낙엽 따라
방황하는 가을
머물고 싶어도 머물 수 없는
가슴 아픈 지난 시절들

사랑, 참 아프다

혼자 사는 연습

외로움이 힘겹게 몰려와도
오늘도 어김없이
혼자 사는 연습을 한다

혼자가 아닌 것처럼
행여나 누군가
영원히 함께 한다는 착각 속에
살아왔던 지난 시간

삶의 종착역은 결국
죽음이기에
사랑하는 사람과의 이별도
누구도 피할 수 없다

까만 밤하늘에
지독한 고독이 몰려와도
반복할 수밖에 없는
혼자 사는 연습

아, 싸한 바람이 분다
가을인가 보다

사는 게 다 그런 거라고

가을이 떠나가니
거리를 떠돌던 낙엽도
하나, 둘 사라지고

화사했던 모습도
황홀했던 사랑도
언제부터인가 타인이 되어
주변을 서성이고 있다

싸한 가을비 속에
동박새는 구슬피 우는데

사람들은
그저 쉽게 말하지

가을이 가면
겨울이 오는 거라고
낙엽이 지면
눈이 내리는 거라고

사는 게
다 그런 거라고

제목 : 사는 게 다 그런 거라고
시낭송 : 박영애
스마트폰으로 QR 코드를 스캔하면
시낭송을 감상할 수 있습니다

이놈의 가을

가을바람에 실려 온
당신의 향기에
잠 못 이루는 기나긴 밤

몸이 멀어지면
마음도 멀어진다고
말하지만

갈색 향기가 짙어질수록
하루하루
그리움만 쌓여 갑니다

보고픈 당신 생각에
돌아누운 어깨 위로
고독만이 남아 있습니다

가을 햇살처럼 밝게 웃음 짓던
당신의 모습이
너무도 그립습니다

살짝 열린 창문 사이로
싸한 갈바람이
가슴을 헤집고 사라집니다

참 쓸쓸합니다
참 외롭습니다
이놈의 가을

5부 내가 살아가는 이유

타오르는 태양 아래

자, 눈을 들어 앞을 보라
광활한 바다에 붉게 펼쳐진
대자연의 섭리가
너무도 황홀하지 아니한가!

서해를 묵묵히 지켜온
샤크섬 검은 어깨 위로
찬란한 태양이 용솟음치며
벌겋게 타오르고 있다

한 해를 보내면서
나의 욕심, 명예, 고집 때문에
상처 입은 마음은
저기 뜨겁게 타오르는 태양 아래
과감히 던져 버리고

거칠게 몰아치는 파도는
사랑과 희망으로 물리치고
배려하는 마음으로
새해를 너그럽게 맞이하자

어떤 시련이 닥쳐와도
또다시 뜨겁게 솟아오를
태양이 있기에

아침 이슬

아무 말 없이 서성이다가
새벽을 적시며
쓸쓸히 떠나간 당신

그리움에 흐르는 눈물
아침 이슬이 되어

내 님 홀로 가시는 길
구름 속에
살며시 머물다가

한 줄기 바람이 되어
떠나는 당신
잠시라도 붙잡고 싶어

틈

조금 열린 창문 틈 사이로
하얀 빛줄기가 까만 얼굴을 가른다

작은 틈이 없었다면
얇은 빛줄기조차 없었다면
오늘도 어둠 속에 홀로 갇힌 채
일그러진 표정으로 세상을 원망하고 있었겠지

허울을 벗어 버린다는 것
욕심을 떨쳐 버린다는 것
작은 틈을 찾는다는 것

살다 보면 그리 쉬운 일은 아니지

눈물

그 사람의
눈가에 맺혀 있는
하얀 눈물이 되고 싶어

싫증이 날 때면
또르르 굴러

그 사람의
매혹적인 붉은 입술에
잠시 머물며
사랑을 속삭이다가

결코 마르지 않는
그 사람의
촉촉한 눈물이 되어

그 사람의
포근한 가슴속에
애틋한 그리움으로 남고 싶어

뒤늦은 고백

휘파람새 구슬프게 울던 그날 밤
당신이 떠난 후

여울목 가에 꽃창포는 점점 시들어
생을 다하고 말았습니다

고백 못 한 애절한 사연
마음속에 간직한 채
시린 이별을 맞았기에

세월이 흐르고
중년의 나이가 되어도
그리운 마음은 더욱 깊어만 갑니다

만날 수는 없어도 그대 향한 사랑은
변함이 없습니다

눈 덮인 자작나무 아래
뒤늦은 고백은
설익은 입맞춤 속에
쓸쓸히 잊혀지고 말았습니다

아, 잃어버린 사랑!

제목 : 뒤늦은 고백
시낭송 : 최명자
스마트폰으로 QR 코드를 스캔하면
시낭송을 감상할 수 있습니다

겨울바람이 나를 깨운다

매서운 겨울바람이
거칠어진
얼굴을 스쳐 지나간다

인적이 끊어진 거리에는
가로등만 졸고 있다

두 바퀴 자전거에
몸을 싣고
세찬 바람을 가르며
힘차게 달려 본다

잔설이 쌓여 있는
산등성이 위로
태양이 솟아오를 때면

드세진 겨울바람은
자연을 깨우고
움츠러든 세상을 깨우고
나를 깨운다

님 그림자

늦가을 세찬 바람에
잔존하던 나뭇잎마저
한 잎 두 잎
쓸쓸히 떨어지고

붉은 노을 속에
이별을 노래하던 갈대는
싸한 갈바람에
서걱서걱 몸부림친다

거리를 떠돌던 초라한 낙엽들
희미한 가로등 불빛 아래
기나긴 밤 지새울 때

저 멀리 너울대는 갈대 사이로
길게 드리운
고독한 님 그림자

오늘도
추억을 회상하며
떠나간 사랑을 노래한다

거울에 비친 내 모습

한 살 두 살 나이를 먹을수록
거울에 비친 내 모습에서
아버지가 보인다

늦은 새벽까지
티브이를 켜 놓고 주무시고
얼큰하게 취하시면
길게 늘어놓으시던 신세타령에

아버지처럼 살지 않겠다며
짜증만 냈던 그 시절

흐르는 물 막을 수 있다는
착각 속에 살아왔지만,
흰머리가 하나 둘 늘어갈수록
거울에 비친 내 모습에서
아버지가 보인다

살포시 미소 지으니
활짝 웃으시며
포근하게 안아 주신다

그리운 아버지가

배다리

배를 이어 다리를 놓았다 하여
배다리라 했던가
예전에는 이곳에도 배가 들어왔다는데

현대와 과거가 공존하고
희미한 어린 시절 추억이 살아 숨 쉬는
낭만과 문화의 거리

중앙시장 건너편 옹기종기 모여 있는
헌책방을 드나들던
까까머리 단발머리 친구들은
지금은 어디서 살고 있을까

시나브로 흘러간 세월 속에
그 시절 그 모습은 사라져 버리고
오늘도 작은 흔적만이 반겨주지만

여전히 내 가슴속에 남아 있는
아련한 추억, 그리운 눈동자
아, 보고 싶은 얼굴들

수도국산 달동네

수도국산 비탈진 기슭에
옹기종기 들어선 판자촌 마을

꽁꽁 언 마을엔 인적마저 드문데
개구쟁이 꼬마 녀석들
세찬 바람 맞으며 연을 날린다

갈라진 손등에 피가 맺혀도
공허한 메아리로 맴도는
엄마의 목소리

시나브로 흘러간 야속한 세월 속에
정겹던 옛 모습은 사라지고
코흘리개 오랜 벗마저
떠나갔으니

바닷가 노을에 그려 보는
보고 싶은 얼굴
잊지 못할 추억들

뽑기

가파른 산동네 오르막길
옹기종기 모여 있는
동네 꼬마들

한겨울 매서운 추위에도
뽑기 열기는 가득하다

별, 토끼, 우산, 비행기...
한 번의 손 떨림에 희비가
엇갈리고

뾰족한 작은 핀에 침 묻혀
톡, 톡, 톡
두근두근 조심조심
떨리는 가슴

세찬 겨울바람에
꽁꽁 언 얼굴
어느새
웃음꽃이 활짝 핀다

빨간 우체통

빨간 우체통에
그리움 가득 담아
당신에게 보냈습니다

하고 싶은 이야기는
너무 많았지만

보고 싶다는 한마디
남긴 후에
살포시 미소 지었습니다

하얀 눈 소복이 쌓인
이른 아침

빨간 우체통에
따스한 사랑 가득 담아
당신에게 보냈습니다

산사의 겨울

겨울이 찾아온 산사에
함박눈이 내린다

문틈 사이로 스며드는
매서운 바람은
노승의 독경마저 얼게 하고

하얀 눈 쌓인 처마 끝에
너울대던 풍경
이른 새벽 숲의 적막을 깨운다

삭풍에 얼어버린 나목의
기나긴 묵언 수행 길에
외로움만 쌓이는데

흔들리는 촛불 아래
두 손 모은 동자승

눈가에 맺혀 있는
속세 향한 미련의 눈물
사무친 그리움 속에 스며든다

바람이 분다
겨울이 찾아온 산사에
함박눈이 내린다

제목 : 산사의 겨울
시낭송 : 박영애
스마트폰으로 QR 코드를 스캔하면
시낭송을 감상할 수 있습니다

향적봉에 오르며

함박눈 맞으며
향적봉에 오르는 아침

한걸음 한걸음 올라갈수록
좁아 보이는 세상

멋진 주택도
멋진 자동차도
티끌처럼 작아 보인다

욕심도 던져버리고
미움도 던져버리자
그저 삶이란
공수래공수거 아니던가

가지 위에 하얀 눈꽃처럼
감동으로 피어나는
멋진 중년의 삶을 살아가자

세상을 품는
너그러운 마음으로

내가 살아가는 이유

삶의 건조함이 극한을 향해
치달린다 해도
내가 살아가는 이유는
해마다 반겨주는
화사한 가을이 있기 때문입니다

다람쥐 쳇바퀴처럼 반복되는 삶에
견딜 수 없는 고독이 몰려와도
내가 살아가는 이유는
지난 추억이
너무도 아름답기 때문입니다

세상이 나를 외면하고 핍박하여
쓸쓸히 마음의 빗장을
걸어야만 할 때에도
내가 살아가는 이유는
당신이 존재하기 때문입니다

살아 숨 쉬는 그날까지
당신을 사랑합니다

첫눈 내리는 날

하얀 눈이 세상을 품은 날
아내를 생각하면서
따뜻한 붕어빵을 사들고
현관문을 열었다

차가운 바람이
거칠어진 얼굴을 때린다

아내와 떨어져 지내온지
어느덧 2년,
착각과 기다림 속에
하루하루를 버티며 살아왔다

첫눈이 내리던 날
하얀 미소로 다가왔던 아내가
어느덧,
이순을 바라보는 나이가 되었다

아내가 힘들어할 때
따뜻하게 안아 주지 못했던 시간들이
서글프게 다가온다

따뜻한 마음, 따뜻한 붕어빵을
함께 나누고 싶다

하얀 첫눈이 내리는
오늘만큼은

운명

싫다고 떠난 사랑에
미련 두지 말고
남겨진 사랑 때문에
눈물 흘리지 말자

만남과 헤어짐은
인생을 이어주는 사슬이고
또 다른 출발점이니

한 잔 술에
외로움을 떨쳐 버리고
두 잔 술에
그리움을 지워 버리자

어차피 너와 나
무심히 흐르는 강물처럼

결코 돌아올 수 없는
망각의 삶 속에
살아야 할 운명이기에

독도

세찬 비바람 몰아치는
동해의 푸른 바다

짧지 않은 억겁(億劫)의 시간을
쓸쓸히 지켜온 정절(貞節)

기나긴 세월 거센 파도에
태곳적 모습은
어느덧 사라졌으나

초연(超然)한 너의 모습에
바람조차 숙연하구나

그리운 얼굴

떨어지는 낙엽 사이로
하나 둘
그리움만 쌓여가고

바람이 부는 스산한 거리에
화려한 네온마저
낯설게 다가오는 밤

비에 젖은 고독은
희미한 가로등 불빛 아래
말없이 서성이고 있다

오늘처럼
안개비가 하얗게 내리는
쓸쓸한 밤이면

김 서린 유리창에
습관처럼 그려 보는
그리운 얼굴

사랑하는 사람아

125

담배 한 모금 입에 물고

회색 겨울비가 양철 지붕을 때린다
담배 한 모금 입에 물고
세상을 향해 힘껏 내뱉어 본다

허공에 떠돌던 한줄기 담배 연기는
길 잃은 나그네가 되어
쏟아지는 빗줄기 사이로 소멸되고 만다

사람이 너무 그리워서
이별이 너무 아파서
사는 게 너무 힘들어서

빗물이 흐르는 낡은 창가에 기대어
가슴 깊은 곳까지 담배연기를 채워 보지만
꽉 막힌 도로처럼 가슴만 답답하다

비가 그치면 겨울이 가고 봄이 오겠지
흐르는 세월 잡을 수 없으니
결국, 우리들의 삶도 사라져 가고

세찬 빗줄기 속에 사라져 가는
쓸쓸한 담배 연기처럼

고란사를 거닐며

꽃비가 화사하게 내리는 이른 아침
개여울 건너
부소산성 오르는 길
멈출 수 없는
고고한 세월의 마디마디
찬란했던 옛 모습은 찾을 길 없고

망국의 설움일랑 시린 가슴에
차곡차곡 쌓아 둔 채로
백마강 푸른 물에 시 한 수 읊조리던
사비(泗泚)의 고운 임은 어디로 갔는가

임 향한 일편단심 아낙들의 한이 서린
고즈넉한 노송 속에
숨어버린 낙화암아
의자(義慈)를 향한 그리움 때문인가
오랜 세월 속에 옛 모습은 사라졌구나

120년 사비(泗泚)의 흥망성쇠를 뒤로하고
치욕의 이역만리
머나먼 길 떠나야 했던
해동증자(海東曾子)의 서글픔을 아는 듯

일엽편주 백마강가 고란사의 종소리가
오늘따라
왜 이다지도 처량한 지

5부 내가 살아가는 이유

서리꽃 당신

김수용 제2시집

2024년 3월 6일 초판 1쇄
2024년 3월 8일 발행
지 은 이 : 김수용
펴 낸 이 : 김락호
디자인 편집 : 이은희
기 획 : 시사랑음악사랑
연 락 처 : 1899-1341
홈페이지 주소 : www.poemmusic.net
E-Mail : poemarts@hanmail.net

정가 : 10,000원
ISBN : 979-11-6284-518-9